一千暦の帰り道

高嶋樹壱

七月堂

目次

一　千暦の帰り道

供火拾い（そなえびひろい）

川面いっぱいに夜が届こうとする
うつろな樹々の下では影を喪ったぶん
見えるものたちはやけに明るい
照らされて幾つも
鮎の背中はまるく現われて
あれを追いかけていれば
追いかけ続ければいつか
おとうとが見つかるのだと
信じるように両の足は
少しずつ汚れていった

しし、
しし、
しし、
……
強い臭いだ

踵に絡んだのは
入れない道なのだろう、そして
どこから〔）白骨化した時間の
強い臭いが
わたしの行こうとするほうへ
ずっと続いている

流されてしまいそうな
小さな体はそれでも
怖がることを知らずに飛び込んでは
噎せながら笑うばかりだった
にいちゃん、また、とれたよお
川に入ればいつも
傍を過った鮎たちを片っ端から摑んでみせて
しなやかに暴れる細い腹が
どこか喜んでいるように見えた
（ふしぎ。）
一抱えの水筒を空っぽにしたずるい顔

まだ人を打（ぶ）ったことのない
本当にきれいな手をしていた

強い臭いだ
ひやりと、耳の底まで離れなくなる、
わたしのいるところ
近づいたり離れたりした
すべてが焚かれたあとのようになっていく
胸の音を呑みこむ、瞬く間に
見えない真下
（ああ、すいぶん
（ずいぶん軽いよ
　　　　　ねえ、
　　　あと、
どれくらい
残っているんだろう
遠い入口）踏んでしまえば
もう　痛いってわからない

……
しし、
しし、
しし、

しっ

家に帰る前にカクレンボをしたい
おとうとは言うやいなや
川遊びや散歩の道からはずれた山の奥へ
駆けていったまま何も聞こえなくなった
辺りは暗くなるのに
おとうとは見つからない
大人を呼ぼうと山道の入口まで引き返すと
投げ捨てられた缶のように
うずくまっている背中があった

おまつりをみていたんだ
すみからすみまできれいに

ひが、もえて……

何言ってんだ帰るぞ、と腕を乱暴に引っ張り
街灯のほとんどない空の下を走った
ふらついている細い両足
うわ言ばかりを呟く唇
肌着みたいな軽さだった
叱られて晩ごはんもとらないまま
静かにもぐりこんだはずの布団の中に
翌朝、おとうとの姿はなかった

ほんとうのことがなにものこらない
どこまでも一人で行ってしまえそうな
気配の
向こう側に
針のように聞こえる紅い
声、
し、し、

連なって次第に

　　　　　　しし、しし、
大きく泳ぎながら体はひろがり
　　　　しし、しし、しし、しし――

「つかまえた」

両手からこぼれそうにうねる一匹を
満足そうに掲げながら笑っている
川の流れが浮くほどに澄みわたって
その周りでみんな、笑っている
そろそろかえしてやりな
この子にも、仲間がいるだろう……
振り向いた小さな眼に
紅い光は溶けずに通り抜けていった
臭いを鳴らした温度が跳ねて
おどろいた川面が重たく震える

なくしていた右手が
伸ばした左手へとやさしくおさまり
眠れないまま集いだす
無数の永い灯に巻かれて
帰らない道を歩きだそうとするとき
一条の煙が細く閉じるように
鮎の尾は冷たく泡の底へと紛れていった

旅の子ノオト

ノオトが息を弾ませながら
ふたたび肩の上へと登ってくると
僕の髪を梳いていく手が
頬の上で動きをとめた
この子、あなたについていきたい、って
なにを拒むにも遅すぎた出発の直前
大切にできなかった鏡のなかに
まだ薄い朝が映った
「あなたの顔は、ノオトの顔にとても似ている」
太い針を引き抜くように指が離れた
僕が振り向けなくなるほどに遠ざかるまで
彼女は目をそらさずに笑っていた

友達、そんなものではない
恋人、それも違う

ノオト
おまえの村に昔からあった名で呼ぶ
ひとりひとりのはずなのに
背中をいつからか重ね合っていたい、誰か
たとえば天地や昼夜のように
理由もなく越えようとして
理由もなく時に長居をゆるしてしまう
おまえに懐かれるのには
十分な時間だったようだけど
でもおとなしくしておいで、ノオト
もう一度だけ嵐を抜ける
その途中で僕たち
一緒にぶっ壊れたって構わないと信じている

熱い地面をノオトと歩くと
迷い込む壁の向こうがどこまでも冷たい
「そちらの小さな旅の者はなんという名か」
「ノオトといいます」

聞くやいなや
扉の奥で偉そうな声は笑いはじめ
僕を引っぱってきた男たちは
難しい顔をして黙ってしまった
「小さい頃の我々を幾度となく震え上がらせたその名前を、どうして知っておいでかな」
ノオト
夜に寝ない子は外に連れ出し
暗い舌で溶かしてしまう、言い伝えの主
「夕食のあとに散歩に行こう、だなんて真似は止してね。そうやって何人も行方不明者が
出ているから」

宿屋でされた話をこんなところで思い出し
背後を見やると泊まるはずの町は消えていた
開けっ放しの個室の窓
忽然とはぐれた名前がひとりでに走り続けていた
足はいま、
どちらを向いているんだろう

空に星が無いのではない
夜があまりに晴れているのだ
振る両腕をしがみつくように引き寄せて
目にも鼻にも触らずにはいられなくなった
砂の粒が舌のつけ根にはりついて
乱れたそばから
風のなかに息はこぼれおちていく

ううう、うううう、
声でおまえの姿が、わかるよ

僕の背丈がまだ大きくて安心した
ノオトを抱きかかえたあとは
引き返さずに歩けるだけ歩くから
睨むのなら僕を睨めよ
遠くを——今は、見てはいけない
おまえの顔は
僕の顔にとても似ている

いつか、さかむけた影に引きずられて
お互いを呑んでしまうかと思った
また飛び出した細い身体が
謝りたいことがあるかのように
頰にすり寄って、もう離れない
おまえの分まで叱られに行くのだろう
お腹が空いたな、と尻尾をなでる
町が見えてきた

気楽に水を浴びるノオトの横で
怪しい隊商につかまりもする
「あんたの連れかい、なんて名だ」
着替えくらいしかない布袋から
気を逸らしたひとりに向かって
大声でその名を呼んでやった

ノオト！

手綱があおざめているのも知らずに
ずぶ濡れのままのおまえの足が
まっすぐ、こちらへ駆けだしていた

てっちゃん

また、痩せたんじゃないの。

小気味よく鳴るおばさんの鋏が、持ち上がっていく唇の横を、しんと諫める。あなた、笑うときにいつも本気で笑っているでしょう。しばらく会っていないうちにね、そういう痩せ方をしてるってわかる。けれど、こんなことはもう、どこかで終わりにしなくちゃいけない。

髭剃りを待つ隣の客が、舟を漕ぎはじめている。返ってくるはずのない五百円玉が、代金を払ったばかりの右手に押し付けられている。さっさと使っちゃうことね。声に出ないよう動かした口が、そう言っているように思えた。

何かを買って帰りたくても、通り過ぎたコンビニまで引き返すには、もう遠い。ポケットの底に腕を突っ込み、温かくなった硬貨を指先で転がしていく。すぐになくならないように、ゆっくりと飴を溶かす舌。僕の帰りを待っているてっちゃんの顔を思い浮かべて、見晴らしのいい歩道橋を足早に駆け降りてしまう。

仕事から帰ってくると、いつも日付は変わっていた。

静かにドアを閉めておいても、明かりを点けたその傍から、小さな身体が膝の上まで飛びついてくる。ずっと溜めこんでいたかのような、大きくて長い欠伸に痺れて、まだ少しだけふらふらしている。言いつけ通りの時間に眠って起きだしたときのてっちゃんを思うと、叱ろうにも叱れなかった。

息をつく暇もなく、鞄の中のパソコンをテーブルの上に広げ直す。起動に手こずる画面を前に頬杖をついてばかりいると、マウスを構えた小指の脇に、黒いクレヨンが転がってきた。そうだ、すっかり忘れていたね。郵便受のちらしの中にはどうしても白い裏紙がなくて、だめ出しと一緒に突き返された企画書の、終わりの頁をそっと破いた。縦半分にたたんだ折り目に、まるく、まるく鋏を入れて、広げたものをてっちゃんに渡してやると、クレヨンですぐに鼻や口を描きはじめる。

（僕のだというその笑顔は、どう眺めてもてっちゃんの顔だ）

うん、うんそっくりだよ。得意気に見せてくれた紙人形の頭を撫でると、楕円の黒眼がぱちっと光った。テッチャンアッチデゲームヲシヨウ、人形はてっちゃんの寝室へとことこと歩きだし、喜々として後についていくてっちゃんを見届けてから、視線は再びパソコンへと戻っていた。

ざけんなっ、と怒鳴り声がして、何かが床に激しく倒れた。

部屋中に散らかるおもちゃにまみれ、仰向けになったてっちゃんが喉笛にかぶさる人形の下でもがいている。どかそうと振った身体にびくともしないで、ぱりぱりと皺を浮かせる腕がさらに力を加えていく、おまえもほんとはこころのなかでおれをばかにしてるんだろ、むかつくんだよな、いつもへらへらへらへらへらわらって、そのまま、なあ、つぶれてくれればいいのになあ、おまえが、おまえのせい、だからな、ぜんぶおまえのせいだからな、いなくなれ、いなくなれ、いますぐここからいなくなれ、力ずくで剝がした背中を、首まで斜めに引き裂いていた。

部屋の隅に投げ捨ててなお、げ、げ、とうめきながら人形だったものは痙攣をつづけ、やがて紙屑同然に静まりかえると、動かなくなったてっちゃんを大急ぎで抱きあげた。泡によごれた口元を拭い、冷たくむくんだ腕を握って何度も、何度も呼びかける。縄を引きずったような音が鼻の穴からか細く抜けて、垂れ下がった手足の先から、どっと汗が噴きだした。

呼吸が、くるんだ毛布越しに浮いては沈みを繰り返している。

買ったばかりのバナナやスポーツドリンクを袋のまま放りだし、枕元まで寄ろうとすると着信のメロディが鳴った。会社の番号からだった。端から早口で言い立てている副部長、その声が狼狽していてほとんどがうまく聞き取れない、今回の企画次第では昇進昇給もかかっていたのにそのプレゼンもできないようではお前ももうおしまいだな、飲み干そうとするより先にへえそうですか、と返事は漏れて、そこから何も言えなくなった。電話は切れた。

どこから聞いていたのだろう。

傾いだ額に手をあてる。もう怖いことはないよ、じきに元気になったら、一緒に、好きなもの好きなだけ食べて、好きなことを好きなだけしよう。

映すもののない瞳が、黙って僕へと見開いている。

薄暗い部屋のせいだと思う。水分を摂ったほうが良いと、スポーツドリンクの栓を外して小さめのコップを探しにいく。どこまで聞こえていたのだろう。戻ってみるとその瞼は、またゆっくりと閉じられている。

石のようにてっちゃんは動かなかった。

やっているのかどうか知れない定食屋さんの暖簾を脇に、先の信号の点滅がひっきりなしに赤へと変わる。摑めば、駅まで届きそうだ。ほら、てっちゃんの好きな新快速。ちょっとの間乗っていれば、もっと美味しいところがあるのに——店員さんの小さな会釈。唇をまるめこむ。言い終えようとするところでいつも、扉は中から開けられてしまう。

客の姿も見えないまま、眺めが良いでしょうから、と二階のお座敷に通された。おまけでつけてくれた瓶のジュースを注いでやると、そっと両手でコップを抱えて飲みはじめた。

黄ばんだビニールに挟みこまれた品書きを、用もないのにめくっていく。値段に引かれた二重線。てっちゃんの選んだ、しょうゆ色のきつくてコーンとわかめで嵩増ししたようなそのラーメンは、五五〇円から四五〇円に下げられていた。

窓は駅とは真逆の方へ通じていた。ラーメンをすすりながら、てっちゃんは何か気にするように遠くを見る。学校やコンビニ、アパートばかりの四角に隠れた茂みのうごき。なんとか森林公園といった。訪れたことは、一度もない。

すみません、貸しボートをひとつ。
受付の人はあからさまに怪しんだ顔をして、勝手に使ったらいいとでも言うように、目だけで乗り場を案内した。
あれこれと漕ぎ方を試みて、ようやくボートが滑りはじめる。向かい合って座るてっちゃんの顔を、潜らせたばかりのオールの先から、また覗きこんでしまう。

あの日からてっちゃんは笑わない。
緑の陰が深くなる。

反対側からゆっくりと、別のボートが近づいてくる。俯きがちな少年の背中。面白そうにカメラを構えた大人たちの声がこだまする。ほら、笑って、もう撮るよ。絞まる瞳孔。ファインダーの一辺がてっちゃんの喉元を横切る。顔を逸らすことはできても、指先が縁に触れてしまう（声、いっしょにとってあげるよ（てっちゃん、声が（もうおしまいだなおまえの（おまえの船底が揺らぐ声が差し迫る顎が上向いている
、笑ってよテッチャン

笑ッテヨ

すれ違いざまにシャッターが鳴る
振り向けない横目にうつる、
刳り抜かれたあとの顔）

手にしたカメラを水の中へと叩きつけた。
しぶきが上がり、見やる背後に僕たちのボートだけが浮かんだ。
途絶える波紋。赤く滲んだ瞼が開く。

てっちゃん。

小さな額はうずもれたまま離れなかった。胸の深くに伝った熱が、吐き出す前の息の先まで満ちていく。霞んでゆく、その隙間へと身をかがめ、包もうとした腕の中で静かに抱きしめていた。

ジェイさんの隣に座っていると、退屈をするということがない。降りそうですね、と何の気はなしに尋ねていた。返事も忘れて外へ飛び出し、その足音が途絶えたあとも、ジェイさんの目は分厚く広がる雲の果てへと回り続けた。うん、これは、いい線いってる。開けっ放しのドアに向かって慌てて戻る足取りが、何秒間か着地を拒んだ。いい線いってる、と僕も呟く。正面にしずむ霧の明るみ。短くうなりを上げる車体が、震えの奥で熱を帯びた。

「起こしてしまって悪かった」

「ずっと眠るように過ごしていたから、いいんです」

集配所には裏口(うら)から入る。すっかり荷物を積み終えたあとも、宿直の青年に目配せをしたきり、ジェイさんはなかなか給湯室から出てこなかった。「ジェイって昔からあんな感じだ」「昔って、生まれたときから?」「出会ったころから、少なくともね」「なら、僕が今見ているあなたもそうだ」

わずかに離した飲み口から、青年の瞼がわざとらしくこぼれ落ちる。ほかに喋ることもないのに、炭酸飲料ばかり飲んでいる姿がおかしかった。

渡された紙袋は信号待ちの間に開けた。こんなものしか作れないけど、とはにかんで、ジェイさんは何でもサンドイッチにはさんでくれた。レタス、ラディッシュ、ベーコン、オリーブ、チーズ、オニオン、トマト、ピクルス、嚙みつく度にはみ出てくるのを嬉しそうな横目が触れると、窓に映りこんだ景色は残らず、町でも畑でも林でもないものへと変わっていた。

この白い車道だけが途絶えない
滑走路みたいだろ、と言いかけて
ハンドルは少しばかりぶれる
アクセルを踏み込むジェイさんの顔が
何かを思い返したようにこわばっていた
寄っておきたい場所があるんだ
運ぶべきものもとうに失せた荷台から
潮の重さだけ、軋んで聞こえる

（配達は仕事の半分に過ぎない）

（残されたもう半分が、誰かを捜し続けている）

国を出たことがないジェイさんを、不幸なことだとは思わない。岸よりも先に尽きそうなほどに、海が凪いでいることも。直線を保った道路の終わりが、そのまま手付かずの飛行場へと乗り入れている。一人、ここを飛び立つのを見た。もう随分と昔の話だ。車を降りてジェイさんと歩いていた。話の途中で聞こえた名前が、潰えた波の合間を埋める。置いていったものは皆、冷たくならずに浮かんでくるよ。海面から静かに背けた顔が、僕の方へと向き直った。

「帰れる国がどこにもないって本当か」

舞うために生まれる意識がいつも
輪郭を免れた色彩の中に立っていた
あんなに薄く、
塵ひとつ許さず燃えたような肉体から
言葉だけが等しく、簡単に通じ合う
（悲しい会話になんてなりっこなかった
誰の名前を手放したかさえ

何も知らずに、ここまで来ていた）
雨粒が両の頬をかすめる
下手をすれば
次にいつ晴れるのかもわからない地面を
ほんの数分、選びとるかのようにして
あちこちに絶えた風が
表情の傍へと還っていく

「あの雲の先を見たことが？」
「たった一度だけだけれど、それでも」

望むなら、ここから出発したっていい
返事ができずにいた頭上に
まっさおなタオルケットが被さっていた
くしゃくしゃに髪を拭きながら
ジェイさんが車を指さし急かしている
気がつけば内側のシャツの裏まで
しっとりと濡れていたのだった

*

「〝パイロット〟とだけ呼ばれています、ひとまずのところは」

訊かれてもいない質問の答えにまで、ジェイさんは力強く頷きを返してくれた。

言葉はずっと疎らだった。ちっぽけな町はずれの空港に停めおいた機体のことを、少し後悔したくなった。

出国ゲートの何歩も後ろで、ジェイさんが立ちどまった。デッキまで上るつもりはないよ。翻る背中は口癖のように、諦める間もなく天井の高さへ白く閉じた。

しばらくそこから動けずにいた。目線を前に向けたまま、ようやくドアを抜けようと歩けたとき、パイロット、と消えそうな声が耳元で呼びかけた気がした。

降りだしそうな雲のひとつが、うなりを上げて通り過ぎた。遥か真上に影は届かず、わずかに散らばる冷たい息に音という音が続いていく。

渡り終えた滑走路から、初めて後ろを振り返った。聞こえて間もないトラックの軌道が、照らされた霧の向こう側に融けはじめていた。

眼裏に燃える森

あなたを包む球器（カプセル）が、まだ私を見下ろしている。

登りはじめるずっと前から、ぽつんと輝く一本の巨樹が私の身体を離さなかった。こんな遅くにどんな用で遣わされたかを忘れるうち、延々と歩き続ける斜面も露出した根の上だったとはっきりしてくる。弾んでは消える両の足首。泥にまみれた裏側が、もう十分に幼かった。

吹く風はいつだって湿っている。

私だって、ほら。裸だ。

呟いたつもりで呼びかけると、頭上はあとほんの少しで球器へ届きそうだった。

神様だとは思えない。爪先立った身体の震えにうっすらと肌を転がしていく。抱えた膝に顔をうずめているけれど、ああ、こんなところにも、私とそっくりの穴がある。

私の指があなたを逸れ、いつしか私の穴に触れた。私は目を閉じる。水気を吸って垂れ下がる髪が、次第に顔に貼りついてくる。

覚えのない雨だった。

降られて、何度も溶け出して、静まりかえった夜だけが残る。

屋上教室というのがあった。

私たちを取り囲みながら青々と茂った森を、屋上からひたすらに眺めるというただそれだけの時間だった。

〈街は、森を壊すものです。〉

先生の指差す先には行ったことすらない街の様々な四角形の影が、森の後ろで怪しげに蠢いていた。いつも〈壊す〉と聞こえるけれど、私はずっと〈食べる〉の間違いではないかと信じていた。あんなの、人の手に負えるもののはずがない。それぞれのひとかたまりは、瞬く間に消えたかと思えばまた現れてを繰り返す。

おかしくてたまらなくて、私はわざと瞬きを重ねていく。

そうやっていつか、私のことも食べにおいで。

隣にいた子が欠伸をして、私の目にもぼやけた視界がうつってしまう。影のひとつから反射した陽がフォークのように木々を貫き、避けそこねてはほんの数秒、私は森を失っている。胸のあたりが急に熱い。四時間目の終わりのチャイムが、その奥底で鳴り止む間もなくふやけていく。

きーちゃん?

呼んでくれた相手の名前をうまく思い出せなかった。私の方から驚く素振りをやめてみると、彼女の顔の左半分から小さな笑窪が見つかった。

来たばかりの帰り道を引き返す。会社はどこにあるの？　住んでいる部屋は？　方角がことごとく真逆なことを、やっぱり、とお互いに笑い合った。駅の名前は知っているけど、ちゃんと出かけてみたこと、ないなあ。隣り合って歩いていながら大通りの奥ばかりを眺めて、街に来てから変わっていない私たちの癖だと思った。

〈はじめて聞いた森の子どうし。〉

〈これから、よろしくね。〉

彼女の森は、森の向こうにあるこの街の、さらに向こうにあるのだという。

街の中では、つい足を止めてしまう。ここに暮らす人たちは、夜が更けても滅多なことでは自分たちの蓋を閉めようとはしないのだ。窓や扉から流れる食べ物のにおいにすっかりつられて、ねえ、と話しかけたその続きを、あっ、と突かれた声が破った。

あそこのお店に、また明かりが点いている。

鉄板焼きが美味しいの。言い置いて彼女はずっと速足で駆け寄って、小窓に溢れる橙の灯りに見とれていた。よかった、もう閉めちゃうのかと思ってた、嬉しい……二階建ての目立たないビルなのに、彼女はその真下でぐんぐんと縮んでいくように見えた。煌々とした光のなかに信号機も街灯も呑まれ、私の耳は黒ずんだ靴の音しか聞こえなくなっていた。

通過列車のいなくなった右肩が冷え切っている。

夢から醒めたがるかのように、次の電車を待ち続けた。

ホームの端にはひとりの子どもが立っている。暗くてほとんど見えなくなった線路の先へと両目を細め、背をのばす。どこに行きたい？　乗り換えながら進んでいけば、私の森まで帰れるのだ。

お乗り換えの皆様は終電の時刻にお気をつけくださいと

車掌さんの慌てた口調がドアを閉めた。私と一緒に乗らないまま、パチリと窓を打った滴に、その姿はかき消された。

あの森を出たのは私だけだった。

特急が来るまでまだ一時間以上もあるのに、家族も同級生も入場券を買いこんで、私の見送りに集まった。お前のやりたいことは、街まで行かないと本当にできないことなのか——ふとした一言から大喧嘩になった冬空に手のひらを返され、白線の内側は青々とした視線に撃たれていた。夏休みになればどうせ暇でしょ。さみしくなったらね、いつでも帰ってきていいんだからね。

発車のベルが鳴り止んでから逃げ出すように列車に乗った。

流れていく木立の列が少しずつ開きはじめる。分厚い窓と扉に守られ、誰もいなくなった森に私の影がはっきり映った。

どこかへ出てゆけたつもりでいた。

途切れない震音が、トンネルの先をどこまでも掻き回していく。貫かれない穴の中。痛む耳を懸命に澄ませた。なにか、強い音が聞きたい。雷鳴でもかまわない。

壁面の灰色に、電灯の濡れた痕が走った。

デッキに立ち尽くした身体が、まだ小刻みに揺れていた。


雨足が強くなる。

数え切れない靴音が改札の外から私を追い抜き、散り散りに去った路上にいくつか、誰のものでもない持ち物がそっくり脱がれて転がっていた。

濡れた上着を私も投げ出す。投げ出したその指ですかさず、次はブラウスの釦をほどこうとしている。

もうなにもかもが重たい。

蛇口をいっぱいにひねると、かけたはずの鍵の音をもう一度聞いた気がした。

シャワーを黙って浴びるうちに身体はうずくまっていた。まだ透けるような下半身から、歩道の底でこちらを見上げる両の瞳が瞬いた。

小さな腕が葉をくずしていく。入り組んだ坂道が血色を帯びて枝を象り、やがて黒い幹となって瞳の奥に聳えはじめる。

濡れていく床の上で窓を開けた。唸る風とそうでない風が忙しなく入れ替わり、雨音の中でそれらも聞き分けられなくなった。

素足が遠い街灯を受けてぴかぴかと光った。窓の隙間から覗く私と一度だけ目が合ったかと思うと、出口に差しかかるようにしながらあの入口へと登っていった。

paper gravity

押してくれる手の意図を知らない
何マイルもの隅で放した、力のとおりに腕を拡げて
呼吸から遠い層のどこかをとどまるように生きていること
想像で駆ける素足ができた
地平から去った淡い余白の、向こう側だけがどこまでも見えた
まぶしいの以後へ直線を引く、戦意が、水へと、導火していく
破れ目に青い陽が射していた
もとからなかったはずの名前を取り戻すほどに青い陽射しだ
こんな成れ果てを声にできたら
書きかけのままで眠った君のとなりで話ができるかな
書きだしをそっと方位に巻いた
家も故郷ももう探さずに「ここだよ」と笑う音域のことだ
投げ上げた地図の一枚になる、裏返り、拍を刻んでやがて
失速をしめす警告音(アラーム)に変わる
時折引き寄せられそうになる、道は迷わない、重なりもしない

こらえるように宛てたひとりと取り違えながら手遅れになる
瀬戸際が朝をこぼしはじめる、何通りにも捨てた光が夕立に歌う凪を撃つとき
（もっと高く走れ、もっと、）
気流が
微かな逆転に舞う
七月の君にまた逢いにいく（前日があと半分もある
倒れそうなほどひどい眩暈で君が歩いた石段の上は
ひかげがひなたを選ぶかのようにひなたが薄く、開いてあって、）
虹の閉じかたをそこで覚えた
夢中になって刷り上げていく読み手のいないひとつの頁だ
命という字がきらいだった
どこかで必要としているみたいに
なくなってしまういつかのことまで考えながら泣き続けていた
くずくずになった新聞紙たちが転がっていく、くずくずの日付
できごとではないひとと並べた、天気予報の中のおひさま
ピリオドだろう？
ぼうふらだろう？
わらわら、乞うているだろう

水たまり色は水色の折り目
つけた足首が映らないほど地名を違えて
長生きをして
止まらなくなったひとふでがきにつぶる瞼の、ほんの狂いが
ずいぶんと伸びた背筋を支えて鳥居の真下へ届こうとする
（願いごとはもう、叶っているよ
こんなところまで飛んでゆけたら
引き返すためのおしまいなんてきっと、残らず失くしてしまう、）
熱々の動脈だぞ、と君が勇んで掲げる一機の
翼は、ひどくやわらかいまま
跳ねた爪先に隠した子音が遠ざかりながら
旋回を重ね
はみだしたっきり戻らないカーヴ
ぶかぶかに濡れたワイシャツの白
削ったばかりの鉛筆のにおい
できるようになる宙返りにだけ
鏡合わせのひとりは見えない
しちがつ、と呼んで囲いかけた直径の中の人さし指が

愛おしかった、と紡ごうとする唇の上をかすめていく
「結びの文句を覚えるかわりに、
　　これからの身体もまとめて、あげる、

翼が、静かに覆される
ノイズに溺れていくよりも早く
関係のないはずの言葉で「ただいま」の傍を響かせている
引き剝がされて間もない影の
傾きばかりをまた抱き締めて
ずっと呪われていたかった、と
なきごえでつなぐ一秒の途上、その助走でしかできない話を
立ち尽くしていた森の淵から灰色に裂いて高く、
高く

空想電鉄

それから
誰もいなくなった一面の座席に
ひとつずつ
真新しい　ゆうれい　を
並べてみた。

ほぼ音声になった私は
朧げなる鼓膜に幾度となく対峙している

（今、
するどく軋んだ車両の後輪を
なにに比喩しよう？）
つめたい遊び。

次の駅

私もいなくなったら
みんなをまた
帰して。
彼岸に浮かぶ
波音を
聴きたい。

瀑布の底で

涸れていくまで虹を見上げた
包まれていた、轟音の
心許ないおしまいを
破るようにして醒ました身体が
水紋へ立ち去る影を誘う
ときに飛び降りたかにも見える
まとまりのうちの一滴を
広い器の口で受けとめ
幕という幕の外へと
なだれた髪にも
針を仕向けた
失われるということがない
削れた岩壁にびっしりと咲いては
悪意だ、と投げかけるもの
何度でもさかのぼってゆける

両生類の頭がしずみ
吐き出されなくなった息へと
洞穴を辿りはじめている

（あちらの道が割れそうに明るい）

色狩師見聞・拾遺

忍ばせた古下駄の歯をくすぐる
落葉の絶え間ないざわめきが
ふつりと、崩れる瞬間を跨いでいた
木通（あけび）の枝垂れるあの石垣の、途中
それは秋の宵入りの徴であった

＊

乾ききったそのもつれを徐にのけると、いまだ何にも食まれていない小さな実が紫の顔を出した。このようなところに一体、と、いびつな考えに暫し首を傾げ、ああこいつもやはり、《狩待の色》であったと思い到るまでに、在らぬ夢を脱ぎたいような気分に再び駆られた。

（冬を色隠しの屋
明くる春を新しき色産む屋と為すべし
去りゆく年の内に余りし色を秋の宵、
枯葉の崩るる迄に残さず狩るべし）

苦い煙が仄かに鼻を刺した。狩り狩られて足りるのであれば、鎌に滲むものの正体なぞ気に留めることも、無かったのであった。

「あの日までは」

《狩待の色》である、と、今度は煤けた窓掛を一散に潜れば、それは難なく見付けることのできた室(へや)であった。しかし肝心要の《色》は目前に現れぬまま、どの方へ歩みを巡らせども行き止まってしまう。三度も四度も脇見を返していると、所狭しと並べられた床(とこ)の脚のひとつに爪先をとられた。脱げた左の下駄が甲高く転げ、不覚にも、気が立っていたような思いであった。

「誰そこにいるのは」

咄嗟に頭を上げた先で何かが鮮やかに羽搏くのを見とめ、引き抜こうとした腰元の鎌に指を伸ばしたのも束の間、それは中空まで舞うと、再び姿を隠してしまった。

（なにゆえ、）

強張った両眼を動かせずにいると、ふふ、と漏れ出たような笑い声に漸く解かれた心地がした。躓いた床の上で臥せっていた少年のものであった。

会いにゆく度、その少年に名を訊かれるので困った。表す名も答えるための声も持たぬゆえに黙るほか術は無かったが、「秋が終わるんだね、うるさい落葉も、もう聞こえないもの」

と呟きつつ、今日も白い帳面を開いてはまた熱心に綴りだすのだった。硬い筆が置かれたあと、帳面を両手に捧げ持ちながらはにかんでいる表情を見るのが好きで、それから肩で大きく息を吸うと、丸みを帯びた声から幾度も、あの《色》が火のように飛び出してはまた消えるのを眺めていた。視えるんだねやっぱり、とまた少年は笑った。振るうはずの鎌をついに握れず、「また明日」の呼び掛けを聞きながら室をあとにした。道端の落葉が確かに、その数をひどく減らしている気配をおぼえた。

さっさと狩り終えぬから温うて冬眠もできぬと、社(やしろ)の池の主の大蝦蟇に咎められたことがあった。狩れなかったのだ、とどうにか答えてやりたかったが、その日はどうも、ほかに心が騒ぐような晩であった。

「冬は、好きだよ」

別れ際にこぼした声を想いながら、おとろえてゆく叢に耳を撫ぜた。どこか大きな嘘をつかれている気がしてならなかった。管に繋がれながら、あの細い身体から短く繰り返されていたもの。それすらも少しずつ、弱く遅れているというのに)

背筋に厭な寒気が伝う。

祓うかのように、両足は走り出していた。酉の刻に差しかかろうとする頃であった。

暗い室の中に物音は絶えていたが、それでも床へと身を寄せると、上がらぬ腕を震わせながら伸ばし、洞のように薄まった声で告げるひとつの命があった。そろそろ君に渡さなくちゃね、僕たちも、秋とも、もうお別れだ。

喉のあたりにいつの間にか、少年の痩せた掌が貼り付いていた。引き攣った肩の力が、一度に緩んでゆくのが解った。発とうとしていた《色》がそこにも、灯っているのを見た。

「息を、吸いこんで、眼を閉じて」

背後で、初雪の降る音が聞こえ始めていた。

爆ぜた薪が遠くで鳴り、光景は微睡みのあとのように冴えた。あの小さな実を見たはずの木通の葉陰に、どういうわけか今は拳ほどの窪みが、わずかに残るばかりである。すずろに追った最後の最後で、彩る(いろどお)あの声に担がれたか。ふふ、と同じ仕草で笑い返してやると、鈍い曇の先へと去った北風が、鋭くないた。

foreign evening

絵の中の僕が向ける視線は
どの背後よりもずっと遠い
似顔絵にできない顔をしていると
真剣な表情で絵描き屋さんは言うのだった
全くの別人になってしまいたいときがある
誰かの思い出を生きたかのように
実物(モデル)は物語の続きをうまく聴けずにうつむいた
ポストカードは大半が売れ残る
ところどころ本物の落ち葉が
絵描き屋さんの描いたほうの
街並みへと混ざっていく

人が、ぱらぱらと散りはじめている

こぢんまりとした催し物なら

なんでもよかったが
やることが何もなくなったあとの
夕まぐれの会場を歩き回るのが癖だった
――さあ、あなたも手伝って
この時間の声は振りほどけない
ホットワインを受け取ってしまうと
同じ目に遭っている人が十人ほど
その倍はある紙コップを数えながら
片付いていない屋台の灯りに
なくした道順を繋ぎなおした
(こんなに夢中になっちゃうなんてね、)
茶化しあうはずの互いの視線が
くりぬくように僕を追い越し
ついていく先に立ち尽くしたまま
木立になった奏者がひとり
短い曲を、まだ弾いている

消えそうになる最前列に

絵描き屋さんの筆は伸びた
同じ色へと塗り上げた空
いいな
引いた線が次第に
大輪の花を咲かせていく
これ、大事なものでしょう、と
突き返しようのない距離を残して
もう一歩、目を逸らした傍から
星の形まで変わってしまう

――あなた、これからどうするつもり？
　泊まるところがちゃんとあるの？

本当に、どうするつもりなのだろう
窓のはがれたおんぼろのバンは
運転もどこか心許なく
身を乗り出して訊いてきた人は
でも心配ない、大丈夫だと

たどたどしい返事の合間を
こぼさずに走っていった

話し足りなくて持てあます絵に
小さくそっぽを向いたまま
角を曲がりだす僕を見ていた
誰に似ることもなくなった顔が
彼と、彼を呼びとめる誰かを
出会いがしらに立ち替わらせて
等身大に手放す四隅へ
触られぬうちに
その眼を埋めた

崩葉と受肉

吊り梯子を登り終えると、丈夫そうな枝の分かれに腰元の綱を縛りつける。擦るように足を渡らせ、引っかかっている糸屑のゆれる、梢のひとつに手を伸ばす。それぞれに太く保たれた枝が、歩くほどに入り組んでくる。名前の消えたお菓子の袋。中まで綻びつつある紐。抜き取り、袋に納めていくうち、ぴたりと風まで止んだのに気づく。

枝の隙から下を覗くと、濁った水たまりにはまだ、ぱらつく滴が生きていて、見上げてみれば所々に、干からびた葉が残っている。誰かに言われたわけではないのに、絶対に摘んだりちぎったりしないよう気をつけながら、足は別の枝へと移る。

（じいちゃん、守り木様は葉を失くしてしまって、寒くないのかな）

（守り木様は、ヒトの身体をしていないのだから、寒くて困ることはないんだよ）

（え、でも……

紙垂を纏い、ごつごつと堅い皮に艶めく瘤。

木洩れ日に輪郭がやわらぐと降りてくる、そっくりな肉体に見つめられるたび、胸元を包む首飾りの、石の光が目に痛い。大人たちに括りつけられ、初めて登らされたときには年の離れたお兄さんだったのに、今では幼い弟の姿で、幹にかかって、動けずにいた。

幹の後ろにまわっていくと、膝を曲げれば入れるほどに大きく開いた洞がある。理由を説明できないことが時々起きた。仕事の最中に涙が止まらなくなったときは、よくこの中に身体を隠して気のすむまで泣いていた。洞にはやわらかい草が敷かれて、生まれて間もない雛の隣には大きな殻が転がっている。じっと蹲りながら、やや褪せて見えた青色の眼が怯えたようにきょろきょろ泳ぐ。

枝をさらに三つ越えると、広く平らな足場にとどく。夕陽を眺めるには絶好の特等席だ。部活終わりを告げるチャイムが、こだましながら響いてくる。強い陽射しと物陰に隠れて校庭はほとんど見えないのに、どういうわけだかここのところ、そればかりを見ている気がする。どこか問われたように思うと、硬直している視界にまっすぐ、一個のボールが跳ね上がった。

あの子、新しい友達なんです。

もう卒業も近いのにあれほど親しくなったことを、なんと責められるのだろう。休日にはできるだけ帰ってくると繰り返し伝えたけれど、進める高校はどうやっても、ここからはほんの少し遠い。

あまり、羨ましがられる態度をとるな。

祖父に注意されながらも、梯子を降りたあとは必ず、真正面に向かい数秒の間お辞儀をする。

風が吹きはじめている。

頭上を微塵に乱れ飛ぶ影。倒れる矢先のひとひらが、光に拡げた翼を重ねる。

顔を起こそうとしたそのとき、鋭い音が胸に聞こえた。

砕けた石がおだやかに流れ、とけかけた雪の上に消えた。

星色の錨

どこにあるのか探ってしまえば
粉々に割れてしまうのだろう
灯りの絶たれた足を頼りに
渡れない橋の上に踊った
先生と会って話せる夜には
並んでいる息の距離からできてしまう街がある
あの埠頭のはずれまで行こう
誰かの独り言に出てくるような
行ったことのない港がいい
鮮やかに想うばかりの景色に
先生の顔が前を向く
そこにはもう
誰もいないはずなのに

（とうの昔に絵は捨てたんです）

ぎこちない歩幅のすぐ後ろから
騒がしいひとりぼっちが先を越す
せんせい！　とだけ耳元を揺らして
得意気に軽いこれからとともに沈んでしまうまでの悪夢だ
水辺がそうして近くなる、近づくこととは何もかも違う
仰向けになって寝転んだままなぞった航路のはずだった
目を覚ましさえしなければ
絶筆のような晴天だったと何も知らずに張った翼で
温められて、火がついて、飛んで
——先生、燃えてしまいますよ
聞こえるはずのない地面へと
旋回を続け光った一点
細い絵筆を撓らせた腕が
泣きつくすための暗がりになって降りてくる

掠れることのない曲線に引かれるままに走っていると
絵具を乗せた先がどこまで
画布だったのかがわからなくなる

生まれたかったあらゆる色に根元まで浸かりなおしては
垂らしてしまう一滴だけを、また見失っていた
(そのものになるまで描いていたら
何も描けなくなるのはどうして？)
いつか、隠しごとのままで塗り終えていく露音が
ぶちまけた白の絵具に滲んで
そう遠くない空のどこかに星の流れができたなら——
渇く寸前の重力だけで描いていた
小さなカラスの想像が浮き上がりながら影をともす
「先生」の飛んでゆける距離、飛べずに戻るための距離
それが先生と絵を描く僕との
交わすことのできる会話のすべてだった

(汗ばむ軸の温度だけで生きていけるのが苦しかった
背丈ではすぐに追いつけなくなる真上にいつも
描かれる前に溶け落ちてしまう僕がいる
一番遠くで燃えたあの色、
もうまともには戻ることのない高さへ、届いて)

思い出すように見下ろした水面
翼を弧の先へと映して
河の流れが海にまで開く
途方もない場へ向かってしまう者の姿が
きちんと見えているのだと思えた
全盲の先生
眼球をどうしても作れないまま
手離した身体が右肘へ戻り
もう喰い込んでくることのない
ぶらさがった手袋を両脚で強く摑んだまま
ああ、
ああ、
ひとつずつ聞いた鳴き声が
先生のぶんの痛みだけを返してくれる
僕も眠たくなくなってるんです、先生、
ずっと平気です

こぼれ落ちてくる一滴の光
洗い落とす間もなく受けとめ
たった一筆で熾した羽音が
明けの星空と生き写しになる
飛び立てばすぐに忘れてしまう色を残して
いなくなっている片方の風が
退いたばかりのもう片方の風に聞こえた

おはよう、 先生

打ち伏せられた草木からまた靡きはじめた一列
透けてゆく月が兆す窓辺に
遠い誰かが、 つられて目を覚ましている

タオに逢える海

ひらいてゆく瞼を合図に、タオは魚に化けた。漲った胸元をまっすぐに伸ばし、逆流をかきわけるように翻りながら徐に速度を上げていく。憶えているか、あの時教えてくれた鱶おどしの泳ぎ方。見よう見まねでも蹴りだすと、タオの身体のひとつになってその腿（あし）でいつもより少しだけ、遠くへ潜っていける気がした。名前を渡せば黙ってくれる、そんな風景がどれも淡く反射するだけになったそのあとを、一緒にいつまでも見ていたいと思う。翼のような双（ふた）つの背鰭に撫でられたら丸くなる、あの忘れ去ってしまったできごとが、残らず聴こえるようになるまで。

（きっと、その間際で、

（お互いに息を、継ぐため……

タオがこちらへ泳いでくる。
躊躇うことなく右腕で引き寄せ、受け止めたタオを、護ろうとする。そのままはなさないように。はなれないように。僕もまた、この水が軽くなるところまで、急いで引き返さなくてはならなかった。

中学生最初の夏休みの一日目に、両親の七回忌の法要があった。読経が済んだ直後、座敷の隅にまで流れ込んだ潮風に線香の息がみだれてしまうと、六年前の小さな声が呼んだ。

（じっちゃんが泣かんから、僕も泣かん。
竜神詣りの日まで、絶対に泣かん。
竜神さまがかえしてくれるって
泣かずに良い子でいられた子ひとりだけ
竜神さまがなんでも願い叶えてくれるって
公民館のおじちゃんも、言っとったから）

斎場からの帰り道、僕はいとも簡単に約束を破ってしまった。ごめん、ごめん、と繰り返しながら、提灯の列が途切れるまで歩いて。——どこへ来てしまったか分からなくなるほど崩れきった視界が続くなかで、それは——絶え間ない幾つもの満ち退きの合間に首をのぞかせ、タオが、姿を結んでいた。

空に星が瞬きだすころ、タオはしきりに天を仰ぎ、岩の上でその背鰭を懸命に広げてみせる。見慣れていたはずの夏の日の終わり、それでもタオは僕の隣で、ずいぶん小さくなっていくようだった。目を逸らせるつもりで仰向けに寝転んでいるうち、言葉は止まらなくなり、いつか「護り合いたい誰かになってゆく人が、いること、」そう呟けば最後、タオが僕の前からいなくなるのではなく、僕がタオの前からいなくなる、そんな明日が来てしまいそうな気がして、また呑み込むように口を噤んだ。仰向けのまま、夜空は次第に透明な層を波のように重ねていく。どことなく寂しく思えたのは、それがタオの両眼の色によく似ていたからかもしれない。

再びひらいてゆく瞼から、ほの白くこわれていく果てを幾つも感じていた。はじめて水面から解けたタオの背中を囲んでいった景色に映る、焼きついた古い記憶。おんぶと肩車でかわりばんこに残された返事が、この夜からも聞こえていた。
「願えば、そこで待っててくれる。強く願えば、また逢える。」
頭上で、ふたつの光が尾を引いた。そこにもまた、ひとつの意識が続いているかのようにして――優しく並んだまま、やがて静かに遠のいていった。

柔らかな潮風を吸い込んだ身体が、もう一度、波の奥へと飛び込んでゆくと、踝の傍で甘えるように廻った話がしばらく止んだ。歩幅の揃った足跡を、べつの誰かに知らせる素振りで辿りながら、晴れた夏の日の朝を見上げる。言葉の向こうへと飛んでいった数え切れない夜空の合間に、冴のような風が水平線の上に青く、響いていた。

飛行士たち

空はほんのりと明るんでいた
背筋へと抜けた轟音の奥で
去ったばかりの小さな機体が
一度も灯ることのなかった角部屋の窓に映った気がした
経由する者、とまた口遊む
そこに故郷があるかのように
宛なく差し出そうとする手が地平線から白く炎えたつ
おい、と呼びとめる声が聞こえて
はたりと道を折り返していた
町のどこかで半分ばかり見開いているシャッターから
礼を残して店を出ていく、君も眠れない者の一人だ
瞬きもしない細い身体がそれぞれの底で立ち尽くしていた
何かを案じているようだった
提げた袋がさらさらと鳴り
かいだ憶えのある香水が空いた首元に漂っていた

宿舎は、夜通し騒がしかった。ロビーから漏れる強い灯りをうっとうしく思いながらも、また最後まで聴いてしまった。会話というよりひとりごとだ。関係がないとあしらえることと、次の日にはもう会えないこととが、ここでは微動だにせずつりあう。読めないはずの新聞を広げ隅まで読み通そうとする者。この町に住む、と仕事を探して一日歩きつぶしている者。人数分の手札を前に、結局一人で場を回している者もいる。傾けあえる傘さなどない。真隣に立つことはできても。

（あの映画観たか？　ひどかったなあ。俺に操縦させてくれれば飛行のシーンだって、もっと――）

煙草とは違う香りが寄せる。もたれた背中を右に返すと、うなじを向けたままの君が、角部屋に続く廊下の手前で今日も静まりかえっていた。

誰か、そこにいるんだね。

埃がソファの上に舞った。頷きもせず横にも振れず、戻れなくなった、とたった一言、脅されまいとこわばる息が唇に湿るばかりだった。

頬の片側がふと凍りつく

「いつか、戻れなくなるぞ」

滴をまとったお酒の缶がまじないのように左手に揺れ

抜いた栓からこぼれる泡に、跡形もない雲がのぞいた
超えてはならない高さをも超え
粉々に滑り落ちていく夢
翼の墓場、と喉は鳴るのに
君を笑わせる声にはなれない
苦いひとくちが路上に飛び散る
そうだよ、
「戻っちゃいけないんだよ」

＊

砕け散る窓に音が途絶えた。どこかを掬い取られたと思うと、灰一色に巻き上がる空に身体は投げ出されていた。自機が、頭上で壊されていく。吹き荒ぶ風、つぶれたエンジン、剝き出しになった操縦席、かえせ、いくな、粉々の雨に溺れながら、動かなくなる手足の先が、仄白く浮いたように見えた。

ここで死ぬんだと瞼を閉じた。

翼は、紙のように捥がれた。

嵐を知らない島で目覚めた。

飛べないことまで忘れるくらいの、崩しようのない青空だった。

骨の痛みも、傷の疼きも、雨の気配さえ拒んだ呼吸が、小高い陸地を覆っていた。


起き上がるたびに身体をさする。

何度も、翼の幻を見る。


ぶらさげたままの視界の隅を、一人の子どもの足が駆ける。水平にぴんと両腕を張り、一息のうちに跳ねる身体は重さに勝てず、また落ちていく。たまに着地の仕方も忘れて存分に転げ回ったあとで、何食わぬ顔でふと起き上がり、あなたは、再び走りはじめる。

おはよう。今日も聴きに来たよ。

しゃがみこむ影が鼻をつつく。橙のシャツがぱたぱたとめくれ、襟元にまで打ち寄せる波が、吹くはずのない風へと変わる。ねえ、どんなふうにして、その町の空を飛べるんだろう。旅の話に区切りがつくときまってそんな呟きを返して、ぼんやり頭上に伸ばす右手の、指先が遠く光った気がした。


ここで、何をしているの。

何を考え続けているの。

あなたと、翼の話をしたい。

鈍った足が痺れるほどに島中を走り回りながら、たった二秒間、いや一秒間、あなたの飛べる空へと跳ねる。

対等な空はもう青くない。何度も地面に叩きつけられ、捲る裾から血が滲んだ。墜ちたら、死ぬかもしれない世界に死んでまで帰りたいか、それとも――瞬きと瞬きとの合間を、仰向けに満たす僕の輪郭。いつの日からか幻を、空のどこにも見なくなった。今度帰ってくるときには、その国の言葉でまた聴かせてよ。眼裏に咲いたあなたの声が、憧れた海のはずれより遠い。

あそこには何を置いてきたの。

水っぽい向かい風に押されて、指先の雲が広がってくる。

「あなたを置いて駆ける背を見た、」

「もう一度だけ走ってくる、と、」

「ひとつ、ふたつ、滴が芝生の底を跳ねて、」

「辺りが暗い霧にまみれた、」

「すぐ傍に何か墜ちた気がする、」

「悴む火花を白く散らして、」

「海も、」　「僕も、」　「あなたも、」

「空も、」

「結ぼうとしても二度とは思い出せない、あるいは、」

「憶えなくとも終えられてしまう名前の一切のように、」

「かえろう、」

「張った両腕へ光り、」「波打ち、」　「指先に軽くまとう重力、」

「もう影じゃない、」　「迷子でもない、」

「踵を踏み込む力が抜けて、」「島の端でない場所へと近づく、」

「エンジンの音がまた強くなる、ずぶ濡れの深呼吸のどこかで、」

「沈んだはずの焔が小さく、銀色に燃えているのが見えた、」

あれ、君の翼だろう。

起き抜けに囁かれたとおりの景色の前に立っていた。道の途中に落ちていたんだ。ここを通って肩まで貸して、一緒に歩いて帰ったのに、と揶揄うようにあなたが笑う。ちょうどこんな夜明けだった。寝息でも立てているかのように、機体は、そこに置かれていた。傷ひとつない機体だった。駆け寄ると窓が光を返して、思い出そうとしていたものとは少しだけ違うようにも見えた。

操縦席に乗り込んだあとも、隣にあなたの姿はなかった。エンジンを起こす間際で手を止め、瞬きもせずに見つめ続ける向こう側まで歩きたかった。帰れるね。聞こえないはずの声が小さく、風を忘れた距離に泡立つ。あんまり分かっていないみたいだと頷きながら答えてみると、とびきり悪戯そうな笑顔で、なにひとつだろ、と目尻が崩れる。

さよならだ。

島を等分するようにして機体は走り尽くし、離れた。

ぐっと、視界に力をこめた。旋回をせずにいられなかった。描ききれない軌道を描く、冷たい、青い朝の高度。どんな表情かもう分からない、海原へ霞みはじめた地上を、シャツの鮮やかな橙色が照らしだすようにはためいていた。

＊

「俺には彼らの振るあの色が、お守りのように思えるんだ」
別の一機がまた過ぎていく
握りしめられたリボン、ハンカチ
道に佇む人の片手が思い思いに掲げた旗から
橙にそよぎはじめた風が
襟元にうすく射し込んでくる
背後の航路に雲は見えない
ぱたぱたと凪いだ轟音の先で
もう一度だけ嵐を抜ける
伸ばした右手が遠く光った
翼はそこで消えることなく
上昇を続けていった

高嶋樹壱（たかしま・きい）

一九九六年生。長野県出身。
二〇一六年より詩作を行う。本書が第一詩集となる。

一千暦の帰り道

発行日　二〇二四年十一月二十五日
著　者　高嶋樹壱
発行者　後藤聖子
発行所　七 月 堂
〒一五四—〇〇二一　東京都世田谷区豪徳寺一丁目—二—七
電話　〇三・六八〇四・四七八八
FAX　〇三・六八〇四・四七八七
カバーイラスト　ねもとなおこ
装　幀　菊井崇史
印刷所　タイヨー美術印刷
製　本　あいずみ製本

ISBN978-4-87944-593-3　C0092
落丁本・乱丁本はお取替えいたします